ÉPITRES

D'UN

VIEILLARD

ÉPITRES

D'UN

VIEILLARD

à ses Petits-Fils et à d'autres

CONTRE LA PHILOSOPHIE ANTI-RELIGIEUSE

N. P. G.

En prose mesurée avec peu d'art j'exprime
Une juste pensée, un noble sentiment,
Et si, pour l'embellir, je l'orne d'une rime,
C'est que la raison même a besoin d'ornement.

PARIS

IMPRIMERIE DE DUCESSOIS,

55, QUAI DES AUGUSTINS.

1844

AVERTISSEMENT

Ces opuscules, écrits en divers temps, ont été inspirés à leur
auteur par le spectacle des progrès de l'irréligion, toujours crois-
sants à ses yeux, malgré les manifestations contraires. Sa vue
ne s'arrête pas aux apparences; elle pénètre plus avant. Il ne
croit pas, par exemple, que la foule des gens du monde qui se
presse autour de la chaire d'un grand prédicateur y soit tout
attirée par l'amour des choses saintes ou le désir de se convertir,
plus que par celui de jouir de son éloquence, et que cette af-
fluence soit une preuve du retour de tous à la foi. Il croit reconnaître, en général, dans la partie lettrée de la société qui ne
fuit pas les églises, non de l'hypocrisie, ce masque n'est plus
nécessaire, mais une facilité d'indifférence à respecter les signes
extérieurs du culte, sans y attacher aucun sentiment de devoir;
et, parmi les hommes d'une instruction supérieure, des principes arrêtés d'incrédulité absolue, avec une disposition cons-
tante à les propager. Il sait que ce n'est point ainsi que d'illustres et sages écrivains voient l'état actuel de la société, mais
ils ne l'ont point convaincu, et il ne peut partager leur sécurité.

Persuadé que le mal existe, qu'il a une cause permanente, in-
cessante, dans les principes philosophiques du siècle dernier,
mis si audacieusement et si funestement en action sous nos
deux gouvernements républicains, comprimés sous les gouvernements de l'empire et de la restauration, et rendus à tout leur
essor par l'affranchissement des opinions en matière religieuse
dû à la révolution de 1830, l'auteur s'est attaché à prémunir de

jeunes esprits contre ces principes dangereux, dont ils ne peuvent éviter d'être bientôt instruits (s'ils ne le sont déjà par la curiosité naturelle à la jeunesse de tout ce qu'elle ignore, surtout des choses opposées à celles qu'on doit lui enseigner), et à ramener au sentiment général, à la raison commune, ceux que ces principes auraient séduits. Ses arguments, puisés dans le simple bon sens, seront dédaignés comme des *lieux communs* par les esprits hautains ; il est vrai que les esprits élevés n'y verront pas autre chose, mais ils ne les mépriseront pas. D'autres, plus savants que lui, ont depuis longtemps combattu victorieusement, avec d'autres armes que celles du sens commun et de la foi, les principes d'une philosophie plus féconde en malheurs qu'en bienfaits.

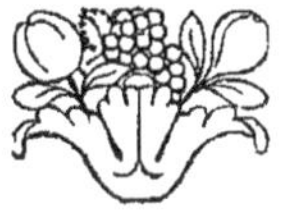

PRÉFACE

LE VRAI PHILOSOPHE EST RELIGIEUX.

SENS PRIMITIF DE CE MOT.

De leur sens naturel les noms sont détournés,
Les plus saints par nos mœurs souvent sont profanés,
Philosophe-chrétien semble un nom ridicule;
Philosophe, aujourd'hui, signifie *Incrédule*.
  Ce n'est pas en ce sens qu'à Crotone autrefois
Pythagore inventa ce beau titre et ses lois;
Le premier de ses vers, que nous lisons encore,
Prescrit d'invoquer Dieu, commande qu'on l'adore (1).
Il jugeait *Hésiode, Homère* criminels
Pour avoir peint les dieux sous les traits des mortels;
C'est par la piété que sous lui la Jeunesse
Acquérait ce beau nom d'*Ami de la Sagesse* (2);
Et de nos jours il faut pour qu'il soit mérité
Faire preuve d'insulte à la Divinité !

----

(1) Début des vers dorés de *Pythagore*.

> Que les dieux avant tout reçoivent ton hommage,
> Observe les serments jurés sur leurs autels, etc.

(2) Signification littérale du mot *philosophe*; qualification qu'il se donna, ne croyant pas mériter celle de *sage*, que d'autres avaient prise ou avaient reçue avant lui.

L'ÉTUDE.

SES AVANTAGES ET SES DANGERS

—

L'AUTEUR A SES PETITS-FILS.

Pour ceux à qui le ciel accorde le loisir
De pouvoir à leur gré varier leur plaisir,
En est-il un plus doux que celui de l'étude?
Sage qui sait s'en faire une heureuse habitude !
A chaque pas qu'il fait il découvre un trésor,
Il avance, et sans cesse il en découvre encor.
L'homme, que de la brute approche l'ignorance,
Semble un être divin grandi par la science.

Mais l'étude souvent, au lieu de l'éclairer,
Trouble, obscurcit l'esprit, finit par l'égarer ;
Auprès de la science utile, salutaire,
Dont l'homme à la Nature emprunte les secrets,
Sourit une autre étude, oiseuse, téméraire,
Qui, portant par delà (1) ses regards indiscrets,
Veut des secrets de Dieu pénétrer le mystère,
Dans l'espoir orgueilleux d'atteindre à son pouvoir,
Savoir tout ce qu'à l'homme il défend de savoir.
Ambition d'*Adam*, à sa race fatale,
Que la Fable peignait sous les traits de *Tantale*
Expiant aux enfers le crime audacieux
D'avoir osé s'asseoir à la table des dieux (2).

Résistez aux attraits de cette étude aride
Qui croit atteindre au faîte et se perd dans le vide (3) ;
Elle trouble les cœurs qu'ont séduits ses appas,
Et leur ôte un bonheur qu'elle ne leur rend pas.

En ce siècle, appelé le siècle des lumières
Pour avoir obscurci les vérités premières,
De hardis écrivains s'érigent en censeurs
Des dogmes respectés des plus graves penseurs.
A leurs yeux, c'est assez pour offusquer sa gloire
Qu'un héros, qu'un grand homme à Dieu même ait pu croire ;
Bien moins encor, pour eux, a-t-il droit au respect
Si de religion il leur semble suspect.
Au rebours des leçons de *Platon,* de *Socrate,*
C'est à les démentir que leur sagesse éclate ;
L'âme immortelle et Dieu, par ces païens trouvés,
Ont cessé d'être vrais, par la Bible prouvés.

D'autres moins avancés, peut-être plus timides,
Admettent encor Dieu, que rejettent leurs guides,
Mais, niant que le ciel à la terre ait parlé,
Sappent les fondements du culte révélé ;
Bienfait plus précieux que toutes les sciences,
Qui rend, avec l'espoir, le calme aux consciences.

Contre leurs arguments armez votre raison ;
Ils versent dans les cœurs un funeste poison ;
Vainement les vertus sont par eux conseillées ;
Par eux les passions, de leur frein déliées,
Cessant de distinguer entre l'âme et le corps,
Cèdent à leur instinct sans crainte et sans remords.

Faites choix de l'étude, et du maître et du livre ;
Qu'étudier, pour vous, soit apprendre à bien vivre :
L'expérience en tout nous éclaire trop tard ;
Écoutez les leçons qu'elle dicte au vieillard.

------

(1) *Par-delà* ou *après la nature ;* signification littérale du mot grec *méta-physique.* Le génie de l'homme ne peut s'exercer avec fruit que sur les choses sensibles ; au delà de la nature, il ne peut avoir de guide que la révélation.

(2) Ce n'est pas la seule allégorie profane qui représente l'homme puni pour avoir voulu porter sa curiosité sur les secrets divins ; entre autres, celle de *Prométhée,* condamné pour avoir ravi le feu du ciel, et celle de *Psyché* (l'âme), abandonnée pour avoir voulu connaître l'objet de son amour. — Allégorie dont la poésie a altéré le sens en la revêtant de toutes ses grâces.

(3) On peut croire sur cela les aveux des chefs même de la philosophie du siècle dernier. « La nature du mouvement, a dit *d'Alembert* (préface de l'Encyclopédie), est une
« énigme pour les philosophes; le principe métaphysique des lois de la percussion ne
« leur est pas moins caché, et plus ils approfondissent l'idée qu'ils se forment de la ma-
« tière et des propriétés qui la représentent, *plus cette idée s'obscurcit et paraît vouloir*
« *leur échapper.* »

Voltaire, parlant de *Malebranche* dans ses notices sur les écrivains du siècle de
Louis XIV, après avoir dit qu'il fut « l'un des plus profonds méditatifs qui aient jamais
« écrit, » ajoute : « Il a montré admirablement les erreurs des sens et de l'imagination
« et quand il a voulu sonder la nature de l'âme, *il s'est perdu dans cet abîme comme les*
« *autres.* »

CONTRADICTION ET VANITE

DES SYSTÈMES MÉTAPHYSIQUES SUR DIEU, L'HOMME ET LE MONDE.

Le Monde et son Auteur sont pour l'homme un mystère
Devant qui sa raison est réduite à se taire;
Mais contre la raison son orgueil révolté
Prétend porter le jour en cette obscurité;
Fier d'avoir su poser les termes du problème,
Il tente d'expliquer l'Univers et Dieu même,
Et l'on entend sur Dieu, sur l'Homme et l'Univers
Sortir de vingt cerveaux autant d'avis divers.

L'un nous dit : « Dieu n'est pas. Ce nom à la pensée
« Ne présente aucun trait d'une image tracée;
« Ce qui n'a point de corps ne peut être réel;
« L'Univers fut toujours; tout est matériel;
« Tout meurt et tout renaît par des métamorphoses,
« Et l'ordre même est né de la force des choses;
« C'est cette force aveugle, invisible à nos yeux,
« Que l'homme adore en tout ce qu'il a fait ses dieux (1). »

Un autre, vrai chrétien : « Question décidée,
« La Matière n'est pas; tout n'est qu'en notre idée;
« Dieu seul existe, et nous, dans mon opinion,
« Nous n'existons qu'en lui. Tout est illusion.
« Mon corps que vous voyez n'est qu'un corps fantastique,
« Et je suis, si je suis, un être tout mystique (2). »

Un tiers moins idéal accourt : — « N'en doutez point;
« (Si le doute est permis ce n'est que sur un point,
« Sur Dieu); le Monde existe, et Vous aussi; Vous êtes.
« Vous sentez, vous pensez, vous voulez et vous faites.
« Pour prononcer sur Dieu je mets l'âme à l'écart,
« Et je découvre en nous une troisième part

« Qui peut seule, à mon sens, terminer la querelle ;
« Messieurs, c'est la Raison, elle est impersonnelle ;
« Elle n'est point le *moi* que font l'âme et le corps,
« Et, du *moi* dégagée, elle juge en dehors ;
« Or, par elle, je vois une Cause première,
« De qui, soudainement, *émana* la matière ;
« Non pas, comme l'a dit *Moïse*, en la créant,
(*Ex nihilo nihil*, rien ne sort du néant)
« Mais comme d'un grand lac jaillit une rivière,
« Ou comme du soleil émane la lumière.
« Voilà le Monde et Dieu ; c'est un point résolu ;
« La Raison seule peut connaître l'*Absolu* »

C'est ainsi qu'en Sorbonne un génie eclectique (3).
Lie au Dieu de *Platon Lucrèce* et sa physique ;
Dieu, nécessaire agent, agit sans volonté,
Ainsi que le soleil nous donne la clarté !

Pour trop approfondir, plus d'un esprit sublime
Sans atteindre son but est resté dans l'abîme ;
Laissons-les s'égarer ; ne suivons point leurs pas
A chercher l'*absolu*, qu'ils ne trouveront pas.
C'est en vain que l'esprit veut franchir la limite
Qu'à nos sens imparfaits la Nature a prescrite :
Elle est l'œuvre de Dieu qui la livre à nos arts ;
Il se montre en son œuvre et se cache aux regards.
Les plus hardis penseurs, il en est maint exemple,
Sont restés en chemin ou rentrés dans le temple ;
De l'avoir déserté, le plus sage d'entre eux,
Naguères exhalait ses regrets douloureux ;
Leur accent parle aux cœurs avec plus de puissance
Que jamais dans l'école en eut son éloquence (4).

----

(1) Ces idées d'athéisme, de matérialisme et de panthéisme sont toutes impliquées dans les systèmes différents d'*Épicure*, d'*Hobbes*, de *Spinosa*, de d'*Holbach*, etc., où ce que l'on appelle la *substance universelle* est à la fois active et passive. — Elles ont été reproduites, et le sont encore fréquemment, plus ou moins à découvert, dans des œuvres scientifiques et même dans des œuvres purement littéraires et périodiques. (Voir dans *les Guêpes* du mois d'octobre 1842, cette 'sçon de panthéisme · L'homme a jugé à propos de se créer un

« dieu... de le mêler dans ses querelles... de lui donner sa sotte figure. O homme ! Dieu
« est tout ce qui est, la mer, le ciel, la terre et l'herbe, les forêts et le feu, l'amour fécon-
« dant des tigres, des papillons, des fleurs... il est les hommes pourrissant dans la terre
« et les violettes, qui tirent leur nourriture de cette pourriture) »

(2) Le père Malebranche, disciple de Descartes qui avait entrepris d'expliquer la com-
munication de la pensée à l'étendue, c'est-à-dire de l'âme au corps ou de l'esprit à la matière, alla plus loin en voulant expliquer celle de l'âme avec Dieu ; mais, en démontrant
que les pensées de l'âme ne peuvent être causes ni effets des mouvements du corps, avec
lequel elle n'a aucun point de contact, il spiritualisa tellement le Monde qu'il en vint à
professer (dans ses *Méditations chrétiennes*), que « tout ce que voient les esprits, même
» les idées des corps, ils le voient dans la substance incréée, la raison universelle, la seule
« lumière qui éclaire les hommes, le seul maître qui les instruise, le Verbe éternel » qu'il
fait parler lui-même en cet ouvrage.

Cette étrange et sublime imagination, après avoir occupé les plus puissants esprits de
son temps et attiré sur son auteur la plus haute admiration, ne lui a laissé que le nom
de *grand rêveur de l'Oratoire*, que lui ont donné les disciples de *Locke*, dont la philosophie,
tout opposée, fait dériver nos idées de nos sensations, et conséquemment l'esprit de la
matière ; principe à son tour fortement contesté.

(3) C'est dans les bâtiments de la Sorbonne, occupés autrefois par la faculté de théologie, que se font maintenant les cours de philosophie *philosophique*. L'eclectisme consiste
à faire un choix dans les différents systèmes pour en composer un qui présente, non pas
plus de certitude, mais plus de probabilités. Le système eclectique qui intervient ici a
pour but, non de concilier, mais d'unir les deux autres, ou du moins le principe de l'un et
de l'autre, le *matérialisme* et le *spiritualisme*, en reconnaissant une cause première et
éternelle des choses, émanées d'elle aussi de toute éternité. C'est, dit-on, une concession de
la science contre l'athéisme savant ; soit ; mais le simple *sens commun* seul semble plus
persuasif.

(4) Le dernier écrit de *Jouffroy*, professeur de psychologie au collége de France, té-
moigne du malheur d'échanger les croyances religieuses contre des théories métaphysiques.

LA SCIENCE UTILE

ET CELLE QUI NE L'EST PAS (1).

Vrais sages, vrais savants, dont l'utile science
Ne puise ses leçons que dans l'expérience,
Qui scrutez la Nature, interrogez les corps
Sur la forme, le but, le jeu de leurs ressorts,
Et, bornant votre étude aux lois de la Matière,
Savez entre elle et Dieu respecter la barrière,
Par vos sages leçons mon esprit éclairé
Dans un dédale obscur n'erre point égaré.

Mais Vous, profonds rêveurs de ténébreux systèmes,
Qui, voulant m'expliquer d'insolubles problèmes,
Franchissez la barrière où je suis arrêté
Pour interroger Dieu sur sa divinité,
Pénétrer ses desseins, mesurer sa puissance,
Porter un œil hardi jusque sur son essence (2),
Au lieu du demi jour dont la clarté me luit,
Vous jetez mon esprit dans une sombre nuit.

Vous voulez m'expliquer l'origine des choses !
L'homme voit les effets, Dieu seul connaît les causes ;
Dieu seul a le secret de l'immense Univers ;
C'est pour lui, non pour eux, que tant d'êtres divers
Ont été par ses mains semés dans l'étendue.
De quels noms, d'une langue aux mortels inconnue,
Dieu les appela-t-il, quand sa voix de géant
D'un formidable éclat les tira du néant (3) ?
Chaque nom à chacun dans le temps, dans l'espace,
Assigna sa durée, et son rôle et sa place ;
Quel nom distingua l'homme et lui marqua sa fin (4) ?
Il l'ignore ; en aveugle il remplit son destin ;
Le premier des anneaux d'une invisible chaîne,
Il suit, en s'agitant, la force qui l'entraîne,

Et croit dans son orgueil la mouvoir à son gré ;
Tout marche à son insu vers un but ignoré.
S'il ignore ce but, s'il ne peut se connaître,
Pour lui l'homme n'est point, il n'est que pour son maître.

Qu'importe qu'il ait su, génie audacieux,
Sonder les profondeurs de la terre et des cieux,
Décomposer les corps de la Nature entière,
En subtils éléments diviser la matière ?
Il ne sait ce qu'ils sont, ce qu'il est ; il ne peut
Dire comment il sent, ni comment il se meut.

Émules nébuleux de ces rêveurs antiques
Errant dans les brouillards des champs métaphysiques
Pour y chercher le Dieu qu'ils ne connaissaient pas,
Vous qui le connaissez, pourquoi suivre leurs pas ?
« L'Éternel est son nom, le monde est son ouvrage (5), »
Son souffle, en l'animant, fit l'homme à son image (6).
A ce langage clair, des plus simples esprits
Dieu, l'Homme, l'Univers sont aussitôt compris ;
Au cœur comme à l'esprit il est intelligible ;
Le vôtre sans effort est incompréhensible (7) ;
Je ne puis concevoir que Dieu, la Vérité,
Puissent être le prix de ma subtilité.
A les connaître mieux si mon esprit aspire,
Ma raison sait la borne où finit son empire,
Et croit qu'un Ange seul lui pourrait révéler
Ce qu'est cet *absolu* qu'on veut nous dévoiler ;
Soumise, elle redit, mettant ailleurs sa gloire,
« Oui, c'est un Dieu caché que le Dieu qu'il faut croire (8). »

---

(1) Une partie de cette pièce et une autre de la précédente, liées ensemble, ont été imprimées en 1834 dans la *France littéraire* sous le titre *Les deux Philosophies.*

(2) « Ils entreprirent des disputes vaines sur la nature de Dieu, qui se cache aux savants « parce qu'ils sont orgueilleux. » (*Montesquieu*, Grandeur des Romains, chap. xxii.)

On lit, dans *les Choses mémorables de Socrate*, recueillies par *Xénophon* : « ..... Aussi « ne s'amusait-il point à rechercher comment a été fait ce que les sophistes appellent le « Monde..... Au contraire, il montrait la folie de ceux qui s'adonnent à ces contempla-« tions... Il s'étonnait encore comment ils ne voient pas qu'il est impossible aux hommes

« de rien comprendre à toutes ces merveilles, puisque ceux qui ont la réputation d'y être
« les plus savants ont des opinions toutes contraires et ne peuvent s'accorder non plus
« que des insensés. » *Epicurus de naturâ deorum balbutiens*, dit Cicéron.

(3) Ces savants peuvent objecter que c'est leur répondre par la question même; mais,
comme il n'est aucun pouvoir humain en état de la résoudre, on raisonne d'après la foi
universelle.

(4) Selon la Genèse, Dieu n'évoqua point l'homme, il le forma du limon de la terre,
après avoir dit : « Faisons *Adam* à notre image. » (Chap. 1er, v. 26). *Adam* signifie *homme*
en hébreu; ainsi, nous ignorons le sens de cette appellation à laquelle la Genèse semble
assigner plus loin (chap. v, v. 2), celui de *terrestre*, parce que l'homme avait été formé
de la terre; mais on voit que Dieu l'avait appelé *ainsi* avant sa formation.

(5) Vers de *Racine*.

(6) Genèse, chap. II, v. 7.

(7) *Alexandre* reprochait à *Aristote*, son maître, auteur du mot *métaphysique*, d'avoir
publié ses leçons, qu'il croyait devoir rester secrètes entre eux. Ce philosophe le rassura en
lui répondant que « ceux qui ne l'avaient point entendu oralement ne pourraient le
» comprendre, » tant la langue de cette science, qui a enfanté tant de disputes dans les
écoles au moyen âge et presque jusqu'au nôtre, était obscure dès son origine.

(8) Premier vers du poëme *la Religion* de *Racine* le fils.

Newton, qui pénétra plus avant qu'aucun des savants qui l'ont précédé dans la con-
naissance des lois de la matière et du mouvement et dans celle de l'organisation de l'u-
nivers, loin de se croire autorisé par la sublimité de son génie à expliquer aussi Dieu,
moins encore à nier son existence ou même à en faire douter, n'en fut que plus attaché
à sa foi religieuse. « Ses vastes connaissances, dit *Thompson*, furent le fondement de sa
« sublime piété. En voyant l'ordre, la grandeur et les lois de l'univers, il reconnaît, il
« adore partout la suprême puissance qui le remplit, le soutient et le fait mouvoir. »

D'autres savants, moins illustres, principalement parmi les physiologistes, ont eu le
malheur de ne point reconnaître l'œuvre d'une suprême intelligence dans l'organisation
des corps et l'arrangement de l'univers, et de se faire des prosélytes.

Il serait insensé de prétendre arrêter l'esprit humain dans la recherche du mot d'une
énigme qui l'a occupé dans tous les temps; mais, en considérant, d'un côté, l'inutilité per-
pétuelle de cette recherche pour atteindre son but, les nombreuses erreurs qu'elle a en-
fantées, les disputes, les troubles civils, les guerres même qui en ont été la suite; car,
qu'étaient-ce que les hérésies et les subtiles distinctions de la scolastique, sinon des opinions, des systèmes métaphysiques? et, d'un autre côté, le peu de fruit qu'en a retiré
l'humanité, beaucoup d'hommes éclairés ne voient en général dans l'étude de la méta-
physique qu'un savoir sans utilité, et dangereux quand il est poussé trop loin. Les di-
verses communions religieuses et, au-dessus de toutes, l'église catholique, ont sur la divinité et sur toutes les questions mystiques des points arrêtés, des dogmes, sur lesquels, pour
le repos des esprits et la tranquillité des États, le doute est interdit. La sagesse commande
de cesser de les agiter.

FRAGMENT

D'UNE AUTRE ÉPITRE AUX MÊMES.

. . . .

A vos rêves savants mille fois je préfère
Le monde d'*Hésiode* et l'olympe d'*Homère* ;
Ils amusent l'esprit par leurs inventions,
Vous desséchez les cœurs par vos abstractions ;
Dieu pour vous en est une, et sans Dieu qu'est mon âme ?
Vous éteignez le feu qui nourrit cette flamme ;
Bourreaux ! S'il était vrai, grâce à l'Humanité,
Ne la détrompez pas ; cachez la vérité.

Mais non, vains jeux d'esprit, exercices frivoles ;
Que peuvent vos leçons ? amuser les écoles.
De *Thalès* (1) jusqu'à vous cent systèmes dressés,
L'un sur l'autre, à son tour, sont tombés renversés ;
Un seul toujours debout, croyance universelle,
Résiste à vos efforts : un Dieu, l'âme immortelle.

(1) Le plus ancien des sages de la Grèce, qui vivait au septième siècle avant J.-C.

LOGIQUE DE L'ATHÉISME

ET SES CONSÉQUENCES.

A un jeune auteur d'un ouvrage matérialiste manuscrit, en le lui
renvoyant.

Je t'ai lu ; que prétend ta sagesse profonde ?
Exalter la nature, expulser Dieu du monde?
« L'homme est son roi, son Dieu ; seul il fait ses destins ;
« Asservi trop longtemps aux préjugés divins
« J'accours le détromper de sa foi séculaire;
« Il n'est qu'un culte vrai, le culte humanitaire. »
Si ce ne sont tes mots, c'en est du moins le sens.

D'autres t'ont devancé; l'un d'eux, dont tu descends (1),
Hardi logicien, dans ce temps déplorable
Où rester vertueux c'était vivre coupable,
Professait hautement un impudent mépris
Pour tout ce qu'honoraient les plus sages esprits,
Niait Dieu, la morale, érigeait en maximes
Ces principes pervers, générateurs des crimes :
« Nul n'a droit de scruter le for intérieur ;
« Tout acte est innocent s'il n'est extérieur,
« C'est assez que la loi réprime le scandale (2).
« La loi subit les mœurs, les mœurs font la morale;
« Qu'importent les vertus ou les vices secrets
« Lorsque de la patrie on sert les intérêts ?
« Que l'art soit florissant, le trafic, les sciences,
« L'État reconnaissant absout les consciences ;
« Voilà les vrais besoins de la Société;
« Elle nous crie à tous : *Plaisir, Utilité.*
« Servir ses passions c'est contenter les nôtres,
« Et du bonheur privé faire celui des autres. »

Il était conséquent ce prêcheur radical ;
L'athée est affranchi de tout lien moral ;

S'il reconnaît pour règle une loi naturelle,
Il sait qu'à son profit il peut se jouer d'elle,
Et que pour se soustraire à ce fragile frein
Il suffit d'éluder un jugement humain.

A ses raisonnements la raison fait la guerre ;
Dieu banni, la Vertu disparaît de la terre,
L'homme souffre ou jouit et descend chez les morts,
Innocent sans espoir, criminel sans remords.

De ces leçons pour toi s'alarme ma tendresse ;
Je sais tes sentiments, je connais leur noblesse,
Au rang des préjugés tu ne mets pas l'honneur ;
Mais, quand un ami faux, un valet raisonneur,
Éclairé des rayons de ta philosophie,
Croira que rien de lui ne reste après la vie,
Que tout n'est bien, n'est mal qu'au gré de l'intérêt,
Que le crime n'est point s'il demeure secret,
Garde de confier, d'une foi magnanime,
Ta fortune et tes jours à sa vertu sublime,
Si tu ne veux, trop tard, sentir qu'il est besoin
Que l'homme dans le ciel croie avoir un témoin.

Crois toi-même, reviens à ce témoin céleste ;
Contre ses *négateurs* tout l'univers proteste.
Songe aux regrets tardifs que sentit ton aïeul,
Songe à ses derniers ans finis dans un long deuil (3).

---

(1) Son aïeul.

(2) N'a-t-on pas osé dire que les plus sûrs garants de la morale sont le gendarme et le bourreau ?

(3) Ce savant mourut, en effet, repentant des maux que son odieuse doctrine, professée aussi par bien d'autres, avait répandus sur son pays. On trouverait, en compulsant les nombreux décrets de la Convention, toutes les immoralités énoncées dans cette épître, devenues des lois, ou au moins, autorisées implicitement par elles, depuis celle qui abolissait le culte chrétien jusqu'à celle qui récompensait l'aveu du vice en traitant les *filles mères* à l'égal des femmes légitimes, quand leur séducteur était sous les drapeaux.

RAISONNEMENT MATÉRIALISTE

L'ORIGINE DE L'HOMME.

L'IGNORANT.

De nos livres sacrés dédaigneux contempteur,
Tu ris quand l'écrivain dit que le créateur
Voulant donner un maître aux brutes són ouvrage,
Du limon qu'il pétrit fit l'homme à son image ;
La science t'éclaire et tu peux réfuter
Ce récit dont ma foi n'osa jamais douter ;
Daigne aussi m'éclairer.

LE SAVANT.

Oui, la géologie
A démontré l'erreur de la théologie ;
L'homme sait aujourd'hui comment il fut formé,
Et de son origine il est mieux informé

L'IGNORANT.

J'écoute.

LE SAVANT.

Tout est né de la force des choses ;
Le globe s'est peuplé par des métamorphoses ;
S'il fut incandescent ou submergé, d'abord,
Les savants sur ce point sont loin d'être d'accord ;
Mais tous ont reconnu l'indubitable trace
De longs séjours des eaux sur toute sa surface ;
La chaleur du soleil, leur agitation
Firent naître en leur sein la fermentation ;
D'elle sortit la vie ; alors, sous mille formes,
S'animèrent dans l'eau des composés énormes,
Munis, pour se mouvoir, de rames, d'avirons ;
Nos aînés dans la vie ont été les poissons.

Quand l'eau se retira les poissons la suivirent ;

Dans la vase, après eux, les reptiles surgirent,
Sans nageoires, sans pieds, mais aux corps assouplis,
Pour glisser sur la vase en longs plis et replis;
La vase se durcit et leur règne eut son terme.

L'animal eut des pieds quand le sol devint ferme ;
Et, quand l'air s'épura, mille espèces d'oiseaux
Déployèrent dans l'air des organes nouveaux.

Ainsi c'est du *milieu* dans lequel il se forme
Que l'animal reçoit ses membres et sa forme;
Il lui doit son instinct, son port, son mouvement;
Il est oiseau, poisson au gré de l'élément.
Dans un milieu nouveau toute forme est nouvelle ;
La nageoire dans l'eau dans les airs devient aile,
Jambe et bras sur le sol, avec pied, griffe ou main ;
Cette progression fit l'animal humain (1).

Aux serpents, aux lézards, dans une autre atmosphère,
Succéda, plus parfait, le genre mammifère :
Il produisit le singe, et puis l'homme plus tard ;
L'homme est frère du loup, du tigre, du renard,
Non moins brut en naissant que la bête de somme ;
Ils ont même origine. Or, pour expliquer l'homme
Dieu n'est plus nécessaire ; en son temps l'homme est né
Comme tout s'est produit, d'un essor spontané.

L'IGNORANT.

Quel désolant savoir ! Mais, son intelligence,
Source de ce savoir, source de sa puissance,
La tient-il de sa forme, et m'expliqueras-tu
Comment il discerna le vice et la vertu (2)?
Ce secret tribunal où lui-même se juge,
Ce for intérieur, sans appel ni refuge,
Qui le mit en son cœur et lui dicta ses lois?
A quel autre qu'à l'homme adresse-t-il la voix ?
Le remords qui châtie et la douce espérance
Vont-ils punir la brute ou calmer sa souffrance ?

Si de Dieu sur ton corps tu méconnais la main,
Pénètre et va chercher son empreinte en ton sein.

(1) Cette opinion, qui remonte aux anciens Egyptiens, selon *Diodore de Sicile*, fut reproduite au milieu du siècle dernier par un consul de France en Égypte, de *Maillet*, dans un ouvrage publié sous l'anagramme de son nom (*Telliamed*), intitulé : *Entretien d'un philosophe indien avec un missionnaire français sur la formation de la terre, l'origine de l'homme,* etc. Ce livre, présenté comme un des voyages imaginaires dans la lune et le soleil, fixa cependant l'attention des philosophes de ce siècle. On cite *Buffon* comme ayant paru adopter l'idée de l'auteur sur l'évaporation progressive des eaux. *Voltaire* se moqua des hommes poissons, mais ses plaisanteries lui attirèrent des reproches de l'école philosophique matérialiste, où se méditait le fameux *Système de la nature,* du baron d'Holbach, dans lequel on lit (tome I, chap. 1) : « Pour un homme qui réfléchit, la production « d'un homme indépendamment des voies ordinaires, serait-elle donc plus merveilleuse « que celle d'un insecte avec de la farine et de l'eau? » fait qui passait alors pour constant. Un autre écrivain, *Robinet,* entreprit de montrer, dans un ouvrage spécial, comment la nature s'est essayée à former l'homme. Tout cela ne sembla que ridicule.

Ce qui est affligeant, c'est de voir aujourd'hui la science venir appuyer de son autorité une si funeste doctrine, et les ouvrages que tout le monde lit, les journaux, se charger de la divulguer. Les écrits du savant *Cuvier* ne peuvent être étudiés que par un petit nombre d'hommes; voici l'analyse qu'en présente, sur cette question, le *Journal des Débats* du 23 septembre 1837 :

« En comparant ensemble les différentes couches de la terre et les différents vestiges « d'animaux qu'ils contiennent, il (*Cuvier*) démontre que plusieurs grands cataclysmes « se sont succédé, détruisant chacun une création entière; que chaque série de création » tendit toujours à s'organiser selon une loi progressive, et que l'échelle ascendante de la « création paraissait avoir été les végétaux, les coquillages, les poissons, les reptiles, les « oiseaux, les mammifères et l'homme, c'est-à-dire qu'à mesure que le milieu dans lequel « vivait l'ensemble des êtres organisés s'était modifié, la forme organique avait été modifiée « en même temps. » *Cuvier,* en se servant du mot *création,* a-t-il pris ce mot dans le même sens que *Moïse,* et voulu présenter chaque changement comme un des ouvrages des six jours? Ce n'est pas dans ce sens que l'entendent tous ses disciples.

(2) *Nec natura potest justo secernere iniquum.* (*Horace,* sat. 3 du 1er liv.)

NÉCESSITÉ DE LA RÉPROBATION LEGALE

DES DOCTRINES ATHÉES.

Jadis des magistrats les sévères arrêts
Aux flammes condamnaient ces ouvrages secrets
Où, renversant les noms créateur, créature,
Dieu cédait son pouvoir à l'aveugle Nature ;
Mais quand l'impiété, dans nos jours désastreux,
Sur tout ce qui fut saint jeta son rire affreux,
Elle les fit bientôt renaître de leur cendre,
Jusque dans les hameaux se plût à les répandre ;
Et leur coupable auteur, de l'athée adoré,
Remplaça sur l'autel ce Dieu déshonoré (1).

De maîtres condamnés disciple condamnable,
La loi se tait pour lui : silence déplorable.
Si l'athée est parfois en jugement traîné,
Et par le magistrat justement condamné,
C'est, sans porter atteinte à sa libre pensée,
Pour quelque loi fiscale à son profit blessée ;
Chacun peut savamment discuter, nier Dieu ;
De par la loi son livre est à l'abri du feu.

La loi, me répond-on, protége tous les cultes ;
Oui, mais en les mettant à couvert des insultes,
La foi de chacun d'eux, garant de leur devoir,
Fonde sa confiance, assure son pouvoir (2).
Ce garant, le voit-on dans le froid athéisme ?
Il n'a pour Dieu que soi, son culte est l'égoïsme ;
Quel frein le retiendra s'il peut impunément
Des devoirs les plus saints saper le fondement ?

Sans redouter les cris que jettera la presse,
Vienne, vienne une loi, loi positive, expresse,

Qui déclare ennemi de l'homme et de l'État
Et flétrisse du nom d'odieux attentat
Le livre, le discours, la leçon, le système,
Où Dieu, l'âme et sa fin seront mis en problème (3),
Qu'avec *Voltaire* même on ose répéter :
« Si Dieu n'existait pas, il faudrait l'inventer (4). »

(1) Il faut un culte même à l'athée ; sous la convention, on dressa dans les carrefours des autels à *Marat* ; on dédia un temple à la Raison, et, plus tard, un autre à la Gloire : ce temps n'est plus, les principes vivent encore.

(2) Dans les Etats-Unis de l'Amérique, la profession publique de tous les cultes est admise, mais il est d'obligation pour chaque individu de justifier qu'il en professe un : obligation que ne peut remplir l'athée, qui n'en a aucun ; mais quel scrupule peut le retenir de se déclarer chrétien ?

Les Athéniens chassèrent de leur ville *Protagoras*, pour avoir écrit qu'il ne savait s'il y avait des dieux.

(3) Il est effrayant de penser que cette opinion, si elle ne mène pas nécessairement au crime ceux qui la professent, doit être celle des scélérats.

(4) C'est peut-être la raison plus que le sentiment qui lui dicta ce vers ; quel que soit le motif qui l'inspira, il semble être le cri du besoin naturel de croire et d'adorer.

La Convention, après avoir décrété en délire, le 10 mars 1793, l'abolition du culte catholique et la fondation de celui de la Raison, qui conduisit immédiatement à la profession publique la plus révoltante de l'athéisme et de l'immoralité, qui en est la suite, sentit bientôt la nécessité de revenir sur ce qu'elle avait fait, et proclama, le 7 mai de l'année suivante, sa reconnaissance d'un être suprême et de l'immortalité de l'âme.

DERNIER CRI CONTRE L'ATHÉISME.

Avant que, pour toujours, ma plume déposée
Cesse de retracer ma pensée épuisée,
Je veux redire encore au docteur écouté (1)
Qui souffle l'athéisme et l'incrédulité :
Quels biens apportez-vous à l'homme misérable
Que poursuit le malheur, que l'infortune accable,
Mais qui voit dans ses maux une coupe de fiel
Dont le breuvage amer doit lui gagner le ciel,
Lorsque vous lui criez : « L'homme n'est que matière ;
« Son âme avec son corps disparaît tout entière,
« Dieu n'est plus qu'un vain mot ; la vie est le seul bien,
« Heureuse ou malheureuse après elle il n'est rien ! »
Vous éteignez la foi qui calmait sa souffrance,
Vous le privez, cruel, même de l'espérance.
Entendez-le répondre à vos subtilités :
« Laissez-moi mes erreurs, gardez vos vérités,
« Tout mon cœur les dément ; le vôtre, au jour suprême,
« Douleur ou repentir, les jugera de même. »

Las ! vous brisez le frein qui retient enchaînés
Au fond d'un cœur pervers ses désirs forcenés ;
A l'intérêt privé soumettant la morale
Vous ne lui montrez plus qu'un seul mal, le scandale.
Le scandale évité tout acte est innocent,
Et nul n'est criminel si le crime est décent.

L'athée est insensé s'il demeure honnête homme :
Il suffit qu'en public pour tel on le renomme.
Que, par tempérament, il soit homme de bien,
Devant son intérêt sa probité n'est rien ;
Nul serment ne le lie au prince, à la patrie ;
Vendre et trahir sa foi devient une industrie ;

Il jure devant Dieu quand pour lui Dieu n'est pas,
Et rit d'un châtiment au delà du trépas.

Tel est de vos leçons l'effet inévitable ;
Tout en ressent chez nous l'influence coupable :
Si votre aveuglement ne sut pas le prévoir
Nos fastes, chaque jour, ne le font que trop voir.
Vols, meurtres, trahisons, parjures, suicides,
Attestent le poison de ces leçons perfides ;
Plus le savoir et l'art en rehaussent le prix,
Plus ce fatal poison égare les esprits ;
De l'État sourdement il mine l'édifice,
Et ne point l'arrêter c'est s'en rendre complice.

----

(1) Cette désignation est générale et n'indique personne particulièrement. *Redire encore*
Voir l'*Appendice* au *Mémoire à consulter* de l'auteur *pour les âmes et pour les esprits.*

LE DÉSORDRE MORAL.

Pour tout ce qui fut saint il n'est plus de respect.
Je n'appelle point tel un hommage suspect
Que l'habitude rend, qui n'a rien de sincère ;
Le respect est au cœur ; il estime et révère.

Mais sa source est plus haut ; c'est du Ciel qu'autrefois
Descendirent pour tous ces immuables lois :
« Révère Dieu, ton Père, honore la Vieillesse,
« La Vertu, la Bonté, le Malheur, la Sagesse ;
« Respecte la Pudeur, la Foi, la Vérité,
« Obéis aux décrets que dicte l'Équité. »
A ces devoirs sacrés la plus simple éloquence
Versait dans tous les cœurs la douce obéissance.

Hélas ! le ciel sur nous n'a plus d'autorité ;
Notre orgueil, contre lui follement révolté,
Dans l'humaine raison voit la sagesse même,
Et dans sa volonté met le pouvoir suprême.
Nul (1) des préceptes saints n'est plus persuadé ;
Tout ce qu'il honorait l'homme l'a dégradé ;
Le fils, majeur d'hier, est l'égal de son père ;
Dieu, bien analysé, paraît une chimère,
Tout devoir envers lui, tout culte disparaît ;
La Vertu n'est, au fond, qu'un calcul d'intérêt ;
La Foi de nos aïeux, ignorance et simplesse ;
La Vieillesse, a perdu son droit à la sagesse ;
La Vérité, souvent, par son utilité,
Le mensonge a le pas sur la sincérité ;
Le Malheur, rarement c'est sans raison qu'il frappe.
A ce dénigrement rien de sacré n'échappe.
Les pères aujourd'hui par leurs fils sont appris ;
Qui veut suivre les siens est digne de mépris.

Le sage en vain gémit de cet orgueil funeste
Qui de l'antique foi menace ce qui reste ;
Il élève la voix pour ramener les cœurs
A la source sacrée où s'épurent les mœurs,
Remparts plus assurés que les murs des bastilles
De la paix des Etats, du bonheur des familles.

Mais qui peut raviver pour un retour si saint,
Dans tant de cœurs glacés le sentiment éteint ?
Leur unique mobile est le froid égoïsme ;
Il semble à s'endurcir mettre son héroïsme ;
De tous leurs mouvements l'intérêt est la loi,
Et rien ne les émeut que ce qui touche à soi.

Ne désespérons point d'un retour salutaire
Que chaque jour de plus rendra plus nécessaire ;
Si la Prospérité l'éloigne, le Malheur
Pourra le rapprocher ; comptons sur la Douleur ;
Elle vient lentement, pieuse messagère,
Détacher, tour à tour, nos liens à la terre,
Isoler notre cœur qui se cherche un appui,
Lui rappeler le ciel et le tourner vers lui.

(1) Ces expressions, *nul*, *tout*, s'emploient figurativemment pour dire, le plus grand nombre, ou seulement un grand nombre.

FIN.

www.ingramcontent.com/pod-product-compliance
Ingram Content Group UK Ltd.
Pitfield, Milton Keynes, MK11 3LW, UK
UKHW021046120726
13693UKWH00006B/2458